Escritora Submisa

Erika Sanders
Serie
Dominación e submisión erótica

Sinopse

O medo máis grande de Samantha era que alguén a recoñecese nestas fotos.

Pero ese problema resolveuse usando unha máscara fina.

A máscara era pequena e só lle cubría os ollos e o nariz, o que era o suficientemente bo para manter o seu anonimato.

Escritora Submisa é unha novela con forte contido erótico BDSM e, á súa vez, unha nova novela pertencente á colección Erotic Domination and Submission, unha serie de novelas con alto contido BDSM romántico e erótico.

(Todos os personaxes teñen 18 anos ou máis)

Nota sobre a autora:

Erika Sanders é unha coñecida escritora internacional, traducida a máis de vinte idiomas, que asina co seu apelido de solteira os seus escritos máis eróticos, lonxe da súa prosa habitual.

Índice:

ESCRITORA SUBMISA
ERIKA SANDERS

11

PRIMEIRA PARTE
A REACCIÓN

13

CAPÍTULO I

O medo máis grande de Samantha era que alguén a recoñecese nestas fotos.

Pero ese problema resolveuse usando unha máscara fina.

A máscara era pequena e só lle cubría os ollos e o nariz, o que era o suficientemente bo para manter o seu anonimato.

Fixo diferentes poses para o fotógrafo.

Foi unha sesión de rodaxe elegante cun ton submiso.

Varias cordas ataron lixeiramente o seu corpo pequeno e delgado, que estaba cuberto cun fino vestido negro.

os pulsos e agora tíñanlle fotos tirada no chan.

Foi unha sesión de arte feita por un fotógrafo local semifamoso, que vendeu os retratos en diferentes galerías de arte.

"Entón, moi fermoso", dixo o fotógrafo, afastándose. "Dálle a volta. No teu estómago. Ben. Volta".

Foi o máis divertido que Samantha tivo en moito tempo.

Ela deu a volta como un cachorro de escravitude.

Entón ela rodou cara atrás.

Había un leve sorriso no seu rostro, vivindo a súa fantasía.

O fotógrafo notou o sorriso de Samantha , e el devolveu o sorriso, facendo máis fotos no proceso.

"Creo que rematamos por hoxe", dixo, baixando a cámara. "Foches excelente".

Ela ergueuse e camiñou cara a el cos pulsos atados apuntando cara adiante.

"Só fixen o que me dixeches", sorriu.

O fotógrafo desatoulle os pulsos, liberándoa finalmente de todas as cordas da escravitude.

Había pequenas marcas vermellas nos seus pulsos.

"Perdón por iso. Quizais os fixen un pouco demasiado apretados".

Ela meneou a cabeza e quitou a máscara.

"Non te preocupes por iso. Creo que estaba tirando demasiado. E as marcas desaparecerán pronto".

"Nena dura".

"Falando de ser duro, hai algunha posibilidade de traballo extra?"

"Depende", respondeu o fotógrafo. "Hai unha mostra de arte próxima nunhas poucas semanas. Se os teus retratos venden, encantaríame contratarte para máis fotos".

Ela sorriu.

"Estou ansioso por iso".

CAPÍTULO II

Despois de vestirse, Samantha foi directamente ao seu cuarto.

Aínda quedaba moito traballo escolar por facer.

A clase máis desafiante do semestre foi o seu curso de escritura creativa, que se centrou na elaboración de historias completas.

Esa era a clase na que máis quería traballar porque lle daba unha saída para escribir.

A ela encantáballe escribir.

E ela quería facerse novelista algún día.

O máis importante é que deulle unha plataforma para comezar a escribir a súa primeira novela baixo a tutela dun destacado profesor.

Era un profesor que admiraba profundamente moito antes de asistir á súa clase.

Era un profesor que escribira varios libros, que Samantha adorara e lira mentres era pequena.

Eses vellos libros influíron no estilo de escritura de Samantha, e ela estaba emocionada coa oportunidade de que el lle ensinase.

Rematou de escribir un esquema dunha páxina da súa seguinte historia ideada mentres estaba sentada na súa cama.

Necesitaba envialo ao profesor antes da súa próxima reunión.

Despois de pasar horas escribindo e pensando, o estado de transo de Samantha rompeuse por uns cantos golpes na parede.

Era a súa fermosa compañeira de cuarto e mellor amiga dende o instituto, vestida só cunha toalla e co cabelo recén secado despois dunha ducha.

"Aínda estás escribindo as túas cousas?" preguntou Vicky.

"Oh, claro, aínda estou traballando niso".

"Entón, como foron as túas fotografías hoxe?"

Samantha botou o polgar cara arriba.

"Bastante ben."

"Encantaríame ver o novo libro".

"Espera, déixame comprobar se mo enviou aínda".

Samantha abriu rapidamente a súa conta de Gmail e viu algúns correos electrónicos novos.

Houbo un correo electrónico do fotógrafo que abriu e baixou o ficheiro que contiña.

En total foron trinta e oito imaxes.

" Están aquí, mándoosllo inmediatamente", dixo Samantha. "E faime saber o que pensas. Persoalmente, paréceme moi boa cousa. Gústame máis que o que fixen a última vez".

Por suposto, Samantha valorou moito a opinión de Vicky sobre o asunto, porque a súa amiga fixera moito traballo de modelo, e tamén planeaba traballar na industria da moda algún día como deseñadora.

Vicky deixou caer a toalla e quedou espida.

"Veiinos comprobar máis tarde. Xa te duchaches? Esa festa está nunha hora".

"Oh merda."

Vicky puxo un suxeitador.

"É un deses días, eh?"

"Maldición, espera".

Samantha abriu rapidamente o seu correo electrónico e escribiu unha mensaxe ao profesor.

Achegou o documento de Word e despois enviouno.

Entón Samantha abriu outro correo electrónico e escribiu unha pequena mensaxe a Vicky.

Achegou o arquivo coas trinta e oito fotos de escravos sumisos e enviou o correo electrónico.

Samantha entón pechou o seu portátil e saltou da cama.

Pasou por diante da súa compañeira de cuarto medio espida e entrou no pequeno baño, que aínda estaba un pouco húmido desde que Vicky acababa de usalo.

Desvestiuse, entón entrou na ducha, abrindo a billa para soltar unha fervenza de auga quente.

Mentres enxabonaba e lavaba o cabelo con xampú, Samantha pensou no seu próximo proxecto de escritura e na reunión co profesor.

Pensou como explicaría o seu traballo.

Como o presentaría?

Como se ía expresar?

Os principais puntos que quería transmitir para que o profesor entendese os seus pensamentos e esperamos que lle proporcione a aprobación e comprensión tan necesarias.

Tamén pensou en cousas triviais, como o que levar posto.

Ela quería parecer elegante, pero atrevida, sen enviar os sinais equivocados tampouco.

Ela quería parecer intelixente sen ser demasiado tensa.

Tampouco quería parecer demasiado sinxelo, nin doado, ou perdería o respecto do profesor.

Ela necesitaba lucir ben.

Quizais tamén lle pediría a Vicky a súa opinión máis tarde sobre ese asunto.

Samantha pechou a auga, secou o cabelo e volveu ao dormitorio, onde Vicky xa estaba vestida, e estaba usando o seu propio portátil.

"Que opinas das fotos?" Samantha preguntou mirando para o seu armario.

"Refírese á súa escritura?"

"Non, ás miñas fotos, obviamente".

"Ben, envioume accidentalmente o teu escrito", informou Vicky. "Parece bastante ben. Non son moi lector, pero compraría este libro se o escribiches ti".

Samantha conxelouse.

Os seus ollos ensancharon e o seu estómago afundiuse.

Corre cara ao seu portátil e comprobou a súa conta de Gmail.

Revisou os seus correos electrónicos enviados para ver a mensaxe que lle enviara ao profesor.

Despois mirou o arquivo adxunto.

"Ai Señor".

Cubriuse a boca coa man cando se decatou de que lle enviou accidentalmente ao profesor as trinta e oito fotos da escravitude.

"A miña... vida... está... arruinada", berrou Samantha, derrubándose na súa cama, con ganas de chorar no proceso.

"Merda, acabas de enviar esas imaxes ao teu profesor?" Vicky riu dun xeito divertido.

Samantha enterrou a cara na almofada.

"Non quero falar diso".

"Mira o lado positivo. Se é un mozo normal, probablemente che dea unha A pola clase. O inconveniente é que probablemente terás que chuparlle o palo. A menos que estea quente, estarás a gusto. unha delicia. Xa sabes, todo ese tema do profesor/alumno".

"Voume mañá. Deus, espero que non me denuncie por tratar de solicitar sexo ou algo así. Podería ser expulsado da escola".

"¿Hai algunha regra contra o envío de fotos sumisas ao profesor?" preguntou Vicky.

"Non sei".

"Ben, ducháchaste súper rápido. Quizais aínda non o viu. Por que non o chamas e lle dis que evite mirar o teu correo electrónico?"

Samantha sentouse recta, con bágoas nos ollos.

"Es un xenial".

Buscou no programa do curso o número de teléfono móbil do profesor, pero non estaba alí, a diferenza doutros profesores.

O único curso de acción sería rezar para que aínda non o vira.

Enviou outra mensaxe de aviso con antelación.

Enviou un correo electrónico co título: POR FAVOR, NON ABRAS O OUTRO CORREO ELECTRÓNICO

"Profesor,

Son Samantha. Temos unha cita mañá pola mañá. Enviei outro correo electrónico hai uns momentos. Espero sinceramente que non o abrise. Se non, por favor, non o fagas. Se é así, síntoo moito. Foi un accidente.

Aquí vos mando o meu escrito.

Espero que este erro non poña en perigo a nosa relación académica. Aínda penso velo mañá para falar do proxecto de escritura.

Cos mellores desexos,

"Samantha".

Logo adxuntou o arquivo co escrito, comprobando que esta vez o fixo correctamente.

Unha vez enviada a mensaxe, Samantha volveu caer na cama.

Ela decatouse de que a súa toalla abrira e o seu peito esquerdo estaba parcialmente exposto, pero non lle importou.

Aínda tiña unha festa á que chegar.

Pero non tiña idea de se volvería a divertirse algunha vez.

CAPÍTULO III

Xusto antes da reunión da mañá, Samantha instalouse sacando algunhas roupas do seu armario.

Pantalóns caqui, camisa branca abotonada e chaleco escuro.

Informal, pero con clase.

Levaba o cabelo nunha cola de cabalo e levaba unha maquillaxe mínima.

O último que quería facer era emitir vibracións eróticas, sobre todo despois dese terrible erro de correo electrónico, ao que o profesor tampouco se molestou en responder.

Foi ao seu despacho no edificio de Humanidades.

Cando chegou alí, viu, pola porta de cristal, ao profesor sentado detrás da súa mesa usando o ordenador.

Samantha estaba un pouco molesta porque o profesor estivese no seu ordenador e nunca se molestou en devolverlle un correo electrónico.

Oh ben, pensou, iso teríalle aforrado algo da torpeza.

Chamou á porta para chamar a súa atención.

"Xusto a tempo", dixo o profesor. "Pecha a porta e toma asento".

A mestra era moito maior ca ela.

quizais corenta e cinco ou cincuenta anos, o dobre da súa idade.

Era bastante guapo, cunha actitude severa e forte.

Había un aire de sabedoría sobre el, facendo evidente que era unha persoa moi intelixente.

Pechou a porta e sentou na cadeira diante da mesa do profesor.

Sentou erguido cunha postura perfecta, mentres o asunto do correo electrónico aínda permanecía na súa mente.

Ela preguntouse se o abordaría ou non.

Ata agora, non parecía ser o caso.

Pola contra, o profesor colocou un anaco de papel sobre a mesa.

Era unha impresión dos deberes de Samantha, con notas escritas a man por todas partes.

"Eu son da vella escola", dixo. "Prefiro escribir en papel e comentar cun bolígrafo. Comezamos agora?"

Ela asentiu.

"Por suposto."

"Vou ao punto que nos ocupa, gústanme as túas ideas. A historia dunha moza que atopou o seu camiño na vida é moi recorrente, pero este é un novo xiro. Se non recordo mal, o primeiro día de o curso, dixeches que querías ser novelista, non?"

Ela asentiu.

"Así é".

"E dixeches que querías converter esta na túa primeira novela que esperas publicar algún día, tamén é correcto?"

"Isto é absolutamente correcto. E non che dixen isto, pero en realidade son un gran fan dos teus libros. Son inspiradores para min. E valoro moito os teus comentarios".

"Agradezo as amables palabras", dixo en ton tranquilo. "Estou aquí para ti e para todos os meus alumnos. Por iso fun mestra, para transmitir os meus coñecementos, o que teño, para axudar á próxima xeración de escritores".

Samantha mirouno cunha mestura de preocupación e angustia, coma se estivese profundamente humillada só sentada alí.

"Algo vai mal?" preguntou o profesor.

Ela reuniu a súa coraxe.

"Verificaches o correo electrónico onte á noite?"

"Obviamente o fixen. Estamos discutindo o teu traballo de escritura, non?"

Sentíase como unha idiota.

"Non ese correo electrónico. Referíame ao outro, xa sabes, o correo electrónico enviado por accidente. Había un ficheiro adxunto. Descargáchelo?"

"O meu traballo é mirar o que me envían os estudantes. Así que si, cando vin o anexo, abrín".

"Viches as miñas imaxes?" Samantha preguntou retóricamente.

"A cabeceira do teu correo electrónico era que era a túa tarefa. Non son unha lectora de mentes, Samantha. Si, vin as túas fotos. Pero non te avergoñas".

Ela soltou un breve suspiro de alivio.

"Entón non estás decepcionado comigo?"

"Por que estaría eu?"

"Porque o seu alumno, que vai a unha universidade de prestixio, pousará para fotos así".

"Eu non xulgo á xente por explorar outros camiños", respondeu. "Iso é a vida, non? Descubrir o que che gusta, o que non che gusta e despois tomar decisións".

"Grazas."

"Porque?"

"Grazas por non ser un imbécil", dixo. "Desculpe o meu idioma, pero estou seguro de que outros profesores desta universidade me expulsarían. Ou iso, ou demandarían sexo oral ou algo".

"En realidade, estaba a piques de solicitar os teus servizos".

Ela quedou sorprendida.

"De veras?"

"Só bromeo. Probablemente teñas razón. Outros profesores poderían ter interpretado ese correo electrónico como unha petición sexual. Pero eu non son como outros profesores. Entendo que a xente comete erros cos correos electrónicos".

"E as propias fotos?" preguntou ela. "Considera que é un erro da miña parte?"

"Non si?"

Samantha sentou alta e desafiante.

"Non, non o sei. Estou orgulloso das fotos que me fixeron. Paréceme bonitas e artísticas".

"Se iso é o que pensas, quen son eu para xulgar ?"

"Estou feliz de que o descubrimos", respondeu ela aliviada.

"Por que non incorporas isto á túa novela? Insinuaches temas de sexualidade para a historia que pensas escribir, entón por que non incorporas algo disto? Non tes que entrar en detalles, pero fala do teu propia exploración".

"Sinceramente, non sei se podo facelo".

"Tes experiencia co estilo de vida nesas fotos?", preguntou.

Ela meneou a cabeza.

"En realidade non ".

"Por que non, se podo preguntar?"

Samantha pensou un momento.

"Nunca atopei a alguén no que poida confiar para facelo. Quero dicir, ter sexo é unha cousa, pero a submisión é outra cousa. Sinto que é moito máis íntimo e só debe compartirse coa persoa adecuada".

"Por iso me gustas. Es intelixente, talentoso e forte. Hai moitos idiotas por aí. Pero unha verdadeira relación Mestre - sumiso baséase na confianza e o afecto. O Mestre debe respectar ao sumiso. Debe haber confianza. Só así un sumiso poderá ser completamente libre para deixar ir".

Un sorriso apareceu no seu rostro.

"Como sabes todo isto?"

"Normalmente non falo disto, pero fun Mestra de varias mulleres na miña vida. As mulleres eran moi sumisas e déronme unha total obediencia. A cambio, coideinas, emocional e sexualmente. Eran relacións baseadas. sobre a confianza e o entendemento mutuo".

Por un momento, Samantha quedou abraiada.

Ela esperaba que a cita da oficina fose dolorosamente incómoda.

Pola contra, o que conseguiu foi unha profesora sexualmente avanzada que aparentemente a entendía.

"Está ben", dixo. "Creo que tes razón. Ten sentido incorporar algunhas destas cousas ao meu proxecto de escritura. Non todo o relacionado coa escravitude, obviamente, senón a autorreflexión e o descubrimento".

O profesor dobrou o papel.

"Así que agora non necesitarás todas as miñas notas, xa que a historia cambiou. Pero lévaas contigo. Propoño que atopes unha historia nova para a segunda metade da túa novela, xunto cun novo final. Moitos estudantes atopan isto. O curso en si mesmo é revelador. Aprenden cousas sobre eles mesmos durante o proceso de escritura. Iso é o que me encanta de ensinar".

Un sentimento de decepción invadiu a Samantha mentres a profesora colocaba o papel dobrado diante dela.

"¿Rematou a nosa reunión?" preguntou ela.

"Si. Obviamente tes que cambiar partes da túa historia, polo que os meus comentarios alí son basicamente inútiles".

"Podemos vernos de novo? Aínda quería falar contigo para obter algúns consellos de escritura".

"Podemos discutir a redacción unha vez que teñas a túa trama xestionada".

Un sentimento de confianza e comprensión recén descuberto invadiu Samantha.

Foi como unha epifanía.

Ao parecer, o seu amor pola escravitude e a escritura xuntáronse por primeira vez.

Ela asentiu.

"Grazas por todo. Sodes o mellor".

"Por que teño a sensación de que estás planeando algo?"

"Só a miña primeira novela", sorriu.

"Quería dicir o que dixen. Gústame que sexas cauteloso coas túas fantasías e co teu corpo. Se podo ensinarche só unha cousa, sería non facer nada estúpido co teu corpo. Respectarte. Iso é o máis importante. cousa que podo ensinarlle a unha moza coma ti".

Nese momento, Samantha sentiu algo polo profesor.

Sentíoo na mente, no corazón e entre as pernas.

Ela sabíao.

E a profesora deuse conta do que debía estar pensando.

SEGUNDA PARTE
AS IMAXES

29

CAPÍTULO I

Pasaron unhas semanas.

Co éxito acadado na galería de arte, a fotógrafa pediulle a Samantha que volvese ao estudo para facer máis fotografías, e ela aceptou encantada.

Era a súa oportunidade de escapar do estrés da vida e entregarse a unha fantasía.

Ademais, o diñeiro que recibiría por iso era bo.

Como disfraz levaba un pequeno traxe negro, que consistía nun suxeitador de coiro e unhas bragas.

Tamén levaba botas negras.

Finalmente, e o máis importante, levaba a máscara negra.

Deus libre de que ninguén a recoñeza.

Mentres se poñía a roupa e a máscara, Samantha sentiu unha onda de emoción mentres se preparaba para a sesión de fotos.

Dun xeito estraño, ela entendeu as necesidades que tiñan os adictos.

Esta era a súa adicción.

Algo que me apetecía emocionalmente e fisicamente.

Cando estaba lista, entrou no estudo onde o fotógrafo estaba preparando a súa cámara.

As luces, o atrezzo e os fondos xa estaban no seu lugar.

Tiñan as súas charlas e chistes habituais.

Samantha expresou a súa gratitude e felicidade porque os outros retratos venderan ben.

O fotógrafo sinalou que todo foi grazas a ela.

"Imos retomar onde o deixamos?" preguntou o fotógrafo, levando a cámara na man, coa correa ao pescozo.

"En realidade, gustaríame probar algo un pouco diferente hoxe".

Parecía aberto a iso.

"Tes algo en mente?"

"Realmente non. Non o sei. Pero síntome un pouco máis aventureiro".

Pensou un momento.

"Que tal mostrar algo máis de pel? Sei que sempre estivo preocupado por iso, pero máis pel xeralmente axuda coas vendas".

Despois dun breve momento de vacilación, Samantha tirou o lado esquerdo do suxeitador cara abaixo, revelando parcialmente o seu pequeno pezón rosa.

"E iso?" preguntou ela.

Seguía sendo profesional ao respecto.

"Podemos facelo así. Claro. Que tal a escravitude? Igual que antes?"

"Esta vez coas mans ás costas. E de xeonllos. Gústame o vulnerable que me vexo".

"Hoxe había algo no teu café?" bromeou.

"Déixao. Só son unha muller cunha idea en mente".

"Digas o que digas. Gústame esa idea. Comecemos con isto . Atarche os pulsos por detrás".

O fotógrafo baixou a cámara e deixouna colgar do pescozo.

Despois foi polas cordas.

Samantha deuse a volta e puxo as mans detrás das costas.

Antes de amarralle as cordas, ela detívoo.

"Espera, agarda un minuto".

Samantha alcanzou o lado dereito do suxeitador un pouco para abaixo tamén, deixando ao descuberto os seus dous pequenos pezones rosas.

Entón, volveu levar rapidamente as mans ás costas.

"Está ben, estou listo agora", dixo.

O fotógrafo atou a corda e fixo un nó, unindo as mans de Samantha.

Isto deulle unha estraña sensación de satisfacción, especialmente agora que os seus pezones estaban expostos.

"Agora estamos preparados para seguir adiante. Dame unha pose. Como hoxe te sentes aventureiro, deixareiche improvisar. Fai o que queiras".

Samantha enfrontouse ao fotógrafo, que deu uns pasos atrás e comezou a sacar fotos.

Fíxolle sentir estraño que un home fixera fotos dos seus pezones espidos, mentres tiña as mans atadas.

Foi tan emocionante e sentiu un zumbido entre as súas pernas e sensacións de formigueo a través dos seus pezones.

Non podía facer moito cos seus brazos.

E estaba afeito a recibir instrucións mentres modelaba.

Así que o comezo foi un pouco incómodo.

Acostumouse aos poucos, movendo os ombros, as cadeiras e os pés para formar diferentes poses.

Despois púxose de xeonllos.

Unha pose vulnerable.

Tomou diferentes tomas desde diferentes ángulos.

Ela volveuse de lado.

Fíxolle máis fotos.

Ela rodou, presionando o estómago e os mamilos contra o chan.

Fíxolle fotos do traseiro.

Entón ela rodou de costas, coas mans atadas detrás dela, os pezones apuntando no aire.

Fixo máis fotos e sentiu unha descarga de adrenalina.

Grazas a Deus pola máscara, que lle permitiu conservar a súa identidade cando estas imaxes serían publicadas en varias galerías de arte, vistas por Deus sabe cantas persoas.

O exhibicionismo foi para ela unha emoción estraña.

Pero non tanto como a submisión.

CAPÍTULO II

Despois dunha sesión de masturbación rápida no seu cuarto, Samantha lavouse as mans e instalouse na súa cama.

Sentou-se recta coas costas contra a almofada e o portátil no colo.

Recén da sesión fotográfica, estaba armada de novas emocións e experiencias, o que era perfecto para unha escritora afeccionada coma ela.

Abriu o procesador de textos e continuou coa súa tarefa de escritura, que sería tamén a base da súa primeira novela.

Xa tiña varias páxinas feitas.

Mentres Samantha escribía, bateu un obstáculo.

Preguntouse canto usaría da súa vida persoal.

Preguntouse ata que punto o personaxe da historia escollerá explorar.

E explorar que?

A fantasía de Samantha era a submisión sexual.

Iso é o que sempre desexara.

Iso é o que ela quería.

Pero poñer isto no libro permitiríalles á túa familia e amigos coñecer os teus pensamentos internos, porque todos o estarían lendo.

Preguntaríanse se Samantha estaba escribindo unha historia puramente ficticia, ou se estaba expresando os seus propios desexos e utilizando o libro como medio de comunicación.

Foi o dilema do escritor.

Afortunadamente, ela coñecía ao home co que podía falar sobre isto.

Abriu a súa conta de Gmail e viu que tiña dous correos electrónicos.

Un dun amigo, o outro do fotógrafo que acababa de enviar por correo electrónico o último conxunto de imaxes que tomaran xuntos ese día.

Pero iso non era importante agora.

Ela escribiu unha mensaxe cun título directo: Podemos atoparnos?

"Ola profesor,

Espero que esteas ben. O progreso na miña tarefa de escritura foi constante, pero topei un obstáculo en canto á historia.

Máis concretamente, estou loitando pola parte da miña vida persoal que debería incluír nela. E si, refírome ao tema que falamos na súa oficina hai unhas semanas. Estou seguro de que comprendes o que debo sentir por isto.

Por favor, axúdame!

"Samantha"

Enviou a mensaxe.

Despois leu o correo electrónico da súa amiga e enviou unha resposta rápida.

Finalmente, abriu o correo electrónico do fotógrafo, que tiña un breve comentario xunto cun anexo, que tiña un total de sesenta e oito imaxes.

Ela baixou o ficheiro e mirou brevemente as imaxes.

Era un pouco surrealista verse así.

As mans atadas ás costas.

A máscara que ocultaba a súa identidade.

E os seus pezones ao descuberto.

As fotos dela de xeonllos e de costas eran emocionantes.

Os entusiastas da arte erótica definitivamente comprarían esas imaxes na próxima exposición en exposicións de arte.

Foron feitos brillantemente, pensou Samantha.

Preguntouse brevemente se debería enviar esas mesmas fotos ao profesor.

Quizais tamén lle gustaría velos.

Obviamente entende as opcións de Samantha, que ela apreciaba profundamente.

Ademais, esas imaxes eran algo relevantes para a súa tarefa de escritura, xa que era unha expresión da súa propia sexualidade e exploración.

Samantha redactou outro correo electrónico cunha cabeceira curta e unha breve mensaxe para o profesor.

Adxuntou o arquivo coas sesenta e oito imaxes que o fotógrafo lle sacara ese mesmo día.

Estaba enviando ao seu profesor máis fotos de bondage, só que esta vez, sería adrede, non por casualidade como antes.

O seu dedo quedou un pouco no botón "enviar" do correo electrónico.

Ela dubidou.

Despois eliminou o correo electrónico por completo.

Que pensaría a profesora se lle enviase outro conxunto de fotos de bondage?

Probablemente se burlaba del, pensou, tendo en conta que lle dixo que o outro fora un erro.

Ou que intentaba seducilo desesperadamente.

Chegou un correo electrónico.

Foi unha resposta do profesor:

"Por suposto, estou libre mañá ás nove da mañá. Imparto outra clase ás dez da mañá polo que o tempo é limitado.

Envíame a túa historia. Lereino esta noite e mañá podemos comentalo.

Profesor"

As cousas estaban en marcha e as rodas puxéronse en marcha.

Ela envioulle un correo electrónico cun anexo da súa historia.

Ela preguntouse que pensaría.

CAPÍTULO III

Á mañá seguinte.

A porta do despacho do profesor estaba aberta.

Como de costume, parecía estar traballando, mirando uns papeis na súa mesa.

Samantha vestiuse de xeito similar á súa última reunión.

Algo casual, pero elegante. Nin demasiado sexy, nin moi pícara.

Ela non quería enviar os sinais incorrectos, especialmente co que discutirán.

Despois de chamar á porta, o profesor viu á alumna e invitouna a entrar.

Intercambiaron algunhas amabilidades mentres ela se sentaba fronte a el na mesa.

Por suposto, falaran moitas veces na clase, pero unha reunión privada sempre era máis especial.

"Liches todo?" preguntou ela.

"Fíxeno. E gustoume moito", respondeu. "Traballo sólido. Tes un bo talento. Creo que a túa forza como escritor é o teu realismo. Hai unha gran profundidade nos personaxes".

O orgullo explotou dentro de Samantha, pero ela conseguiu contelo.

"Grazas, pensei moito nisto".

"Estou seguro de que o fixeches. Como tarefa de redacción, este probablemente sexa un traballo de nivel A", explicou. "Pero non estás satisfeito con iso, non? Buscas facerte novelista".

"Así é".

O profesor colleu uns papeis.

"Unhas notas que fixen, que quería comentar contigo. Son exemplos sinxelos para ampliar as túas descricións e historias secundarias para que poidas completar un bo libro. Aínda que non espero que o fagas agora.

Francamente, se cada Estudante entregoume unha longa novela que me abrumaría constantemente ao ler".

Samantha colleu os papeis e os seus ollos escanearon rapidamente as notas.

"Isto é incrible. Grazas."

"Non hai que darme as grazas".

"Isto é para todos os estudantes?" preguntou ela.

"Só para estudantes que queren converterse en novelistas e queren un nivel extra de crítica. Sempre estou encantado de axudar nese sentido".

"Algunha vez durmiches cun estudante?" Preguntou rotundamente, sen preocuparse polas posibles consecuencias.

"Por que me preguntas iso?"

"Estou facendo investigación de personaxes para a miña tarefa de escritura".

El sorriu.

"É así? Ti es unha rapaza directa, sabes iso?"

"As nenas tímidas non poden entrar nunha escola como esta. Iso é seguro".

"Probablemente teñas razón niso".

"Entón, cal é a resposta?"

"Fíxeno, cun estudante hai uns anos", respondeu. "Pero ten en conta que non era un acosador. Nunca perseguín sexualmente a unha estudante".

"Entón, como pasou?"

"Digamos que tiñamos un amigo en común e que nos atopamos nunha festa. Unha festa de swingers. Os dous tiñamos extremos opostos do mesmo interese. Ela era unha sumisa incondicional. Eu era unha Dom experimentada. Podes imaxinar o resto".

"Interesante".

"Isto realmente vai estar na túa historia?"

"Probablemente", respondeu ela. "Na miña historia, a moza establece unha relación cun home que é moito maior, e que ten moita máis experiencia na vida".

"Tamén guapo, espero".

"Oh si."

"Falando diso, mencionaches algo no teu correo electrónico sobre a incorporación da túa vida persoal á túa historia".

Samantha asentiu.

"É certo. O meu corazón e a miña mente queren levar a historia na mesma dirección. O caso é que esa dirección implica, xa sabes, o sexo. A maioría dos mozos pasan por esta fase, onde só queren explorar o sexo e a súa beleza. Supoño que por iso está a fluír na miña escrita".

"E preocúpache que a xente te xulgue en función do contido da túa historia".

"Exactamente. Pasaches o mesmo cos teus libros?"

"Por suposto. Pero é diferente. Eu son un home. Ti es unha muller nova. A sociedade ten estándares diferentes para nós no que se refire ao sexo. Pero se estás a buscar unha resposta miña a ese respecto, eu" Sentímolo, non che podo dar. "resposta. Esta ten que ser túa. Esta é a túa arte, a túa historia, non a miña".

Samantha pensou un momento e asentiu.

"Podo mostrarche algo?"

"Por suposto."

"Agarda un segundo".

Samantha colleu o seu teléfono e buscou nas súas fotos.

Despois entregoulle o seu teléfono á profesora.

"Esas son dunha sesión fotográfica que fixen onte", explicou. "Casi llos mandei onte, pero non me pareceu apropiado".

Repasou as imaxes explícitas.

"Entón, por que cres que é apropiado agora?"

"Porque valoro a túa opinión. E quería demostrarche que seguín o teu consello da última vez que nos coñecimos. Dixéchesme que respectase o meu corpo. Pois si o fixen. Esas poses foron idea miña. Esa é a miña fantasía. e a miña expresión sexual como unha muller nova e sa".

O profesor volveu mirar as fotos no teléfono.

"Certamente pareces unha muller nova sa".

Devolveulle o teléfono e Samantha gardouno.

"Podo facerche unha pregunta persoal?"

"Por que non? Xa nos fomos facendo persoais".

Ela tragou.

"Como Mestre, que lle farías á túa sumisa, se estivese nesa posición? De xeonllos coas mans atadas".

"¿Algún motivo en particular para que queiras saber isto?"

"Só teño curiosidade. Axudará coa miña tarefa de escritura xa que entendería o que faría un verdadeiro Mestre nesa situación".

Pensou un momento.

Quizais estaba pensando no que faría.

Quizais estaba pensando en se debería dicilo ou non.

Samantha non podía dicir.

Finalmente, o profesor deu a súa resposta:

"Adestraríache a gorxa".

Ela quedou brevemente sorprendida.

"Eu, supoño que queres dicir..."

"Garxa profunda. Perdón pola lingua, pero iso é o que faría. É o máis obvio nesa posición, non? Estás de xeonllos. Coas mans atadas ás costas, non estarás. capaz de resistir a miña entrada oral".

Samantha sentiu o seu coño apertar.

"Iso certamente ten sentido".

"Ben, así é como creas unha boa historia. Imaxinas todos os escenarios e o que pasaría despois. Como reaccionarían os diferentes personaxes en cada situación. Así deberías pensar".

"Sei."

El levantou unha cella.

"Parece que tes máis da túa historia completa que o que me enviaches por correo electrónico".

" Enviei todo", dixo cunha expresión xoguetona. "Tamén teño moitas ideas, pero aínda non as escribín. Necesito superar a ansiedade de que a xente coñeza os meus pensamentos".

"Os autores non poden superar os límites se están ansiosos polo que pensa a xente. Iso é certo".

"Tes algún consello para iso?" Preguntou cunha voz lixeiramente aguda, coma se suxerise algo.

"Ben, escribín todas as miñas novelas do mesmo xeito, que é producir a mellor historia posible que quero contar, e esperando que a xente desfrute lendoa".

"Ten sentido."

"Pero non llo vou recomendar, dada a natureza do que estivemos discutindo", engadiu. "Ten que ser a túa decisión que tipo de historia queres contar, o honesto que é e canto sexo queres incluír".

"E se quixese, xa sabes, superar os límites?"

"Esa é a túa decisión. Pero como dixen, non sexas estúpido con iso. Este mundo está cheo de xente que quere usarte para sexo".

"E se quixese ser usado? "

O profesor mirouna directamente aos ollos.

Ela volveu mirar para el.

Ningún dos dous era ignorante.

Sabían exactamente o que lles pasaba pola mente.

"Son demasiado vello para xogar, Samantha", dixo o profesor. "Xa fun xeneroso co meu tempo e comentarios. Entón, se queres algo máis de min, non fagas xogos, só sexa unha muller adulta e dillo".

Samantha sentiu que se lle apertaba o peito.

Ela inspirou e expirou con máis forza.

"Axudarásme? Ensinarásme?" Xa dixo confiado.

"Ensinarche que, exactamente?" —preguntou bruscamente, coma un profesor que regaña a un mal alumno por ser demasiado vago. "Ten claro".

"Serías o meu Mestre?"

"Esa elección é un agasallo", dixo. "Hai que escoller sabiamente".

Ela respiro profundamente.

"¿Acabo de cometer un erro horrible? Deus, son un idiota. Síntoo moito. Por favor, pídoche, non deixes que isto arruine a nosa relación académica. Quero moito seguir traballando contigo" . "

"Es alto cando tes orgasmos?" preguntou sen rodeos.

"Perdón?"

"É unha pregunta sinxela. Creo que me escoitou ben".

Ela aclarouse a gorxa.

"Son case normal. Pero todo depende, por suposto, do meu estado de ánimo e de como me sinta".

" Levanta a camisa, despois levanta o suxeitador para deixar ao descuberto os teus pezones, como nesas fotos".

Era o momento da verdade.

A primeira vez que Samantha se sometería a un home.

Levantou a camisa coidadosamente planchada para revelar o seu ventre espido.

Logo máis arriba para revelar o seu suxeitador branco, que contiña os seus peitos algo perturbados.

Despois levantou o suxeitador para revelar os seus pequenos pezones rosas.

"É esta a túa idea de dominarme?" preguntou ela, case desafiándoo a facer máis.

"É un comezo. Queres ir máis aló?"

"Si".

"Xoga cos teus pezones. Beliscar. Apreta. Gustaríame ver como o fas".

Samantha obedeceu ao profesor.

Ela beliscar e apertar os seus pequenos pezones rosas mentres seguían mirándose aos ollos.

"É esta a miña iniciación?" preguntou ela.

"Non exactamente. Aínda non".

Ela continuou acariciando as súas tetas.

"Non é?"

"Primeiro, terei que ver o valente que eres. Unha sesión de fotos é unha cousa, a vida real é outra", explicou. "Descomprime o pantalón. Xoga coa túa vaxina espida por min. Alí mesmo. Veña ao orgasmo, pero faino en silencio. Despois discutiremos como superar os teus límites".

Comezou a desabotoarse os pantalóns.

"Podo manexar iso".

"Isto ponche incómodo?"

"É un pouco raro", respondeu ela cun lixeiro encoller de ombreiros. "Pero é emocionante".

Cos pantalóns desabotoados, meteu a man dereita nas bragas e fregou o clítoris.

Mantiveron o contacto visual mentres ela se masturbaba, coma se fose un desafío dalgún tipo.

"Qué estás pensando?" preguntou.

"De verdade queres sabelo?"

"Por suposto."

Samantha continuou xogando co seu clítoris.

"Ambos facendo unha sesión de fotos xuntos. Unha sesión de bondage".

"Que estariamos facendo?"

"Ataríasme. Despois adestrarías a miña gorxa".

"¿Duro? Ou suave?"

Ela sorriu .

"Por que non mo dis?"

"Sempre son agradable", respondeu el, vendo como o seu estudante se masturba por el. "Prefiro tomar o meu tempo e ir despacio. Se te pegaran profundamente, sería case romántico, dun xeito estraño. Iría moi lentamente. Asegurándome de que poidas tomar a cantidade correcta. Cando esteas acostumado, eu iría un pouco máis rápido, un pouco máis difícil".

Samantha fregou o clítoris máis rápido escoitando falar ao seu profesor.

Imaxinou o escenario que el narraba mentres falaba.

"Oh Deus", ahogou, fregando máis rápido.

"Creo que estás preparado para ser un sumiso. E quizais me gustaría ser o teu Mestre".

Samantha jadeou as palabras "oh Deus" de novo mentres chegaba ao clímax.

Non había vergoña nin semellanza cando veu, mirando á profesora aos ollos.

Estivo case sen alento por un momento mentres o seu corpo tensouse e logo soltou.

Tremía un pouco cando todo rematou.

A profesora ergueuse e camiñou cara á alumna, que aínda se estaba recuperando do seu orgasmo.

"Ben feito", dixo.

A profesora puxo o suxeitador de Samantha e tirou dos seus peitos para cubrir os seus pezones.

Despois, ela baixou a camisa, asegurándose de que estivese bonita e ordenada.

Despois axudoulle a abotonarlle os pantalóns.

Cando a profe rematou de vestir a Samantha, estaba como nova, cunha expresión brillante no rostro e a punta dos dedos lixeiramente húmida.

"Que é o seguinte?" preguntou ela. "Para nós."

"O seguinte? Teño clase en breve. Teño que ir. E se non me equivoco, ti tamén tes clase".

"Teñoo."

"Queres atoparte de novo?"

Ela asentiu.

"Quérote."

"Só para discutir o teu traballo de escritura?"

Ela dubidou, coa voz tremendolle.

"Quero, xa sabes, continuar isto. A miña formación. Esta experiencia é útil para o meu proceso de escritura".

"E que máis?"

Ela sabía exactamente o que a profesora quería escoitar.

"E creo que isto é moi emocionante", respondeu ela sinceramente. "É a miña gran fantasía. Vin por ti, pensando en ti. Quero ser o teu submiso".

" Luns. Ven aquí, ao meu despacho, ás sete da mañá".

"Por que tan cedo?"

"No caso de que gritas accidentalmente, non quero que ninguén o escoite".

Os ollos de Samantha agrandáronse e o seu coño apertado.

CAPÍTULO IV

Durante a fin de semana, participou noutra sesión fotográfica co mesmo fotógrafo.

No mesmo estudo.

Cos mesmos accesorios.

As imaxes fixéronse máis arriscadas a medida que se sentía cómoda coa súa sexualidade e as súas preferencias submisas.

Ela pediu que as cordas estiveran máis apertadas.

Ela quería tentar sentir o que era ser unha verdadeira sumisa.

E ela fixo precisamente iso.

O resultado final foi moi erótico, pero feito con moito gusto.

Samantha estaba outra vez de xeonllos, os pulsos atados diante dela e unha máscara negra na cara.

Durante a sesión fotográfica en todas as expresións corporais que facía, desprendía unha alta sensualidade porque pensaba constantemente que a profesora a estaba adestrando.

De volta no dormitorio, Samantha escribía sen parar e intensamente no seu portátil, sentada na súa posición de escritura favorita, na súa cama, coas costas pegadas á almofada.

A súa compañeira de cuarto, Vicky, estaba deitada na cama adxacente, vestida só cunha camiseta.

Cando Vicky estirou o seu corpo, o seu coño estaba ao descuberto, pero ambos estaban afeitos aos corpos do outro.

"O único que fas é escribir", dixo Vicky. "Algunha vez estás aburrido con iso?"

Samantha continuou escribindo.

"De ningún xeito."

"Probablemente sacarás boas notas este semestre con todo o que escribiches. Veña, imos a tomar hamburguesas e batidos".

"Necesito vixiar a miña dieta".

"Entón só come a hamburguesa e sáltase o batido".

Samantha fixo unha pausa e mirou para a súa compañeira de cuarto.

"Non é mala idea. Hai moito tempo que non tomei unha hamburguesa".

"O meu agasallo. E coñezo exactamente o lugar", dixo Vicky, saltando da cama.

Samantha estaba a piques de pechar o seu portátil cando recordou algo.

Ela buscou as fotos.

"Espera, podo mostrarche algo moi rápido?"

Vicky achegouse e mirou as imaxes explícitas do portátil.

Imaxes dunha Samantha parcialmente espida, de xeonllos, pulsos atados e sorprendentes poses sensuais.

"Maldita nena", exclamou Vicky. "Es realmente ti?"

"Si".

"Non tiña idea de que puideses ser tan..."

"Sex symbol?" Samantha chanceou. "Intento manter ese lado escondido".

Vicky riu.

"Ben, fagas o que fagas, segue así. A este paso, nin sequera necesitarás un título universitario, podes ser un modelo profesional".

"Prefiro a miña carreira actual".

"O que che funcione. Mentres tanto, teño fame. Vestímonos".

Samantha viu como a súa compañeira de cuarto se dirixía ao armario e se quitaba a camisa, deixándoa completamente espida.

Como de costume, Samantha sentiu un pouco de admiración porque Vicky fose bendicida no departamento de tetas, con grandes tetas que chamaban a atención, pero Samantha intentou non ser celosa.

Tamén se sentía un pouco culpable por non contarlle á súa compañeira de cuarto a situación coa profesora.

Dende o instituto, sempre foron honestos sobre todo, especialmente sobre os rapaces.

Nunca gardaron segredos uns dos outros.

Pero isto era diferente.

A profesora fixo que Samantha prometera non dicirllo a ninguén, e Samantha sempre cumpriu a súa palabra.

Antes de levantarse da cama, Samantha abriu rapidamente a súa conta de Gmail e escribiu unha mensaxe para o seu profesor.

Adxuntou a última versión do seu traballo de escritura.

Logo adxuntou as últimas fotos de bondage que fixera ese día.

Enviado.

Samantha gardou o portátil e quitou a roupa, espirándose xunto á súa compañeira de cuarto.

Necesitaba con urxencia comer algo cargado de calorías.

TERCEIRA PARTE
AS CORDAS

53

CAPÍTULO I

Cando chegou o luns pola mañá, Samantha xa non estaba preocupada pola súa roupa nin polo seu aspecto.

Non como fora noutras ocasións nas que se reunira co profesor.

Ela xa estaba afeita a ver ao profesor en privado, e xa se masturbara por el.

Levaba unha blusa sinxela, o seu cabelo nunha cola de cabalo e maquillaxe lixeira na cara.

Tamén era demasiado cedo para usar outra cousa.

Tamén estaban as breves instrucións que o profesor lle enviou por correo electrónico a noite anterior.

Pediulle que levase unha saia curta e que non levase bragas.

Unha petición que estaba ansiosa por cumprir, aínda que non tiña idea do que ía pasar.

O profesor chegou ao edificio aproximadamente á mesma hora.

A esa hora do día case non había ninguén.

Levaba o seu bolso de oficina habitual, que normalmente contén o seu portátil e os libros para a clase, xunto coas chaves na man para abrir a porta da súa oficina.

Neste punto, a súa relación tornouse casual e ao verse preguntáronse polo fin de semana do outro.

Samantha sentiu que se estaba facendo un pouco máis coqueta con el, e a profesora era moito menos dura que na aula.

O profesor pechou a porta unha vez que entraron no despacho, cousa insólita xa que nunca a mantivo pechada cando estaban dentro.

Mentres estaban sentados un fronte ao outro, a conversa cambiou.

"Lin o teu documento", dixo. "E vin as túas fotos".

Isto púxoa nerviosa por algún motivo que non podía explicar.

Ela intentou ocultar o feito de que se moveu brevemente, xa que non quería mostrarlle ningún tipo de debilidade.

"Que pensaches de todo iso?"

"Creo que a túa escrita é sólida. A estrutura da historia é boa. A gramática é impecable. Tes un gran entendemento da lingua inglesa e gústame que varíes as descricións. O máis importante é que a historia e os personaxes estean ben desenvolvidos". Case parece "Sente autobiográfico. É vivo. Gústame".

En calquera outro momento, Samantha quedaríase completamente halagada polos eloxios que acababa de recibir dun profesor que respectaba profundamente.

Pero agora, mentres estaba sentada sen bragas postas, iso era o último que pensaba.

"Que che pareceron as fotos?"

"Es unha muller nova fermosa, Samantha", dixo. "Sempre pensei iso en ti".

"Querías que viñese aquí ás sete da mañá, cando non hai ninguén máis. Dixéchesme que puxese saia. E tampouco levo bragas".

"Entón, viñeches aquí só para ser adestrado, é iso?"

Ela asentiu.

"Estou facendo o ridículo?"

"Levántate e mira cara adiante".

Samantha ergueuse, axustou a camisa e a saia para que quedara ordenada e mirou cara adiante.

O profesor tamén se levantou e achegouse a ela, mirando de preto o seu rostro novo e bonito, intentando ler as súas expresións faciais.

Os beizos de Samantha parecían apertar.

O seu corpo estaba tenso e ríxido, pero había un pequeno brillo nos seus ollos, coma se tivese esperado moito tempo por isto.

"Gústasme moito, Samantha", dixo. "Es intelixente, motivada, moi amable e fermosa".

"Grazas", dixo, case nun susurro.

"Teño que dicirche que me gusta ser Mestre. É algo que me tomo moi en serio. E sempre dou o máximo coidado aos meus criados".

Servos? A Samantha gustoulle onde ía isto.

"Eu entendo", respondeu ela.

"E ti? Debido á nosa diferenza de idade e á miña posición na universidade, nunca poderemos ter unha cita. Nunca poderemos involucrarnos sentimentalmente. Iso molesta?"

"Podo gardar un segredo. E estou demasiado ocupado para ter un mozo".

"Entón, a doce Samantha está a buscar un Mestre? Por pura necesidade sexual, non?"

"Creo que xa o sabes", dixo suavemente.

"Pensaches nisto? Son o teu primeiro Mestre? Dáteme por completo? Nunca irei a metade. Unha vez que sexas meu, farei contigo o que queira. Empurrarei ata os teus límites. Pero se ti quere acabar con iso, acabarase".

O coño de Samantha apertado.

"Iso é o que busco. Sempre quixen, xa sabes, ser un submiso. E quero ser iso contigo".

"Porque eu?" preguntou.

Púxose nerviosa.

"Debido á túa experiencia con isto. Encántame que teñas tanto coidado. E encántame como pensas. Quen es. Encántame todo o asunto profesor-alumno. Encántame o poder autoritario que tes sobre min".

"Levanta a saia".

Samantha levantou a saia para revelar a súa vaxina rapada limpa e o traseiro espido.

Estaba nerviosa e as mans tremían un pouco mentres sostiña a saia.

"Es máis fermosa en persoa que nas fotos", dixo.

"Grazas."

"Agora inclínate. Pon as mans na miña mesa. Abre as pernas".

Samantha obedeceu.

"Que vas facer?"

"Vouche facer un gran favor. Isto é para a túa tarefa de escritura. Gústame onde vai a túa historia. Pero tes algunhas cousas que aprender. Se queres escribir correctamente sobre unha viaxe sexual, entón como o teu profesor. , gustaríame que o fixeras". Experimenta de primeira man."

O coño de Samantha torcíase mentres mantiña a súa posición na mesa.

Mantivo os ollos directos para diante mentres o profesor buscaba no seu bolso da oficina.

Non tiña nin idea do que buscaba, e tampouco quería mirar.

Tiña demasiado medo de mirar.

Ela só quería deixar que as cousas avanzasen.

As súas mans comezaron a fregarlle o traseiro liso e as coxas tonificadas.

"Que pernas tan bonitas", sinalou. "Vou poñerche un tapón no traseiro. Algunha vez sentiches un deses antes?"

"Non. Cres que me gustará?"

"Se te relaxas e fas o que che digo, gozarás de moitas cousas".

O profesor amasou o seu cu coma se fose masa.

Apretar con forza e masaxe.

Cando estendeu o traseiro, Samantha sentiuse moi exposta.

Ela sabía que estaba mirando profundamente no seu ano.

Despois soltou.

"Isto pode sentir un pouco de frío", dixo, abrindo un lubricante.

O corpo de Samantha sacudía cando o profesor tocoulle o ano cos seus dedos lubricados, pero ela recuperou rapidamente o control, mantense quieta.

Os dedos rodearon o seu ano antes de empurrar, cubrindo o recto co lubricante anal.

"Gústache o sexo anal?" preguntou.

"Ah, si. Pero só se estou de bo humor. Como podes ver, estou un pouco apretado alí atrás".

"Séntase así. Agora reláxate, isto vaise sentir un pouco incómodo ao principio, pero xa te acostumbrarás. Prométoo".

Despois de afastar o dedo, o profesor presionou un tapón contra o anel do ano de Samantha.

Era catro polgadas.

Manexable para calquera muller.

Deu un suave empuxón e o tapón pasou polo anel do ano, grazas ao lubricante.

O corpo de Samantha retorcíase e jadeaba, pero mantivo a compostura.

Empuxouno ata que quedou completamente dentro.

O tapón traseiro foi deseñado para ir en catro polgadas, despois foi detido por unha superficie plana, para que Samantha puidese sentarse máis tarde sen demasiados inconvenientes.

"Agora, vou inserir algo na túa vaxina", dixo. "Un pequeno vibrador que só eu podo controlar".

Samantha sacudiu o traseiro.

"Estou á túa mercé".

"Boa rapaza."

O profesor mirou no bolso da súa oficina e sacou un pequeno vibrador duns seis centímetros de longo, que tiña correas para poder atar.

Separou os finos beizos marróns de Samantha, revelando a súa fenda rosa.

Estaba mollada, así que sabía que estaba encendida.

Entón presionou o vibrador contra o seu burato húmido e empuxou.

A entrada foi doada, sobre todo porque as pernas de Samantha estaban abertas e o seu coño estaba excitado.

Polgada a polgada, o vibrador entrou no coño de Samantha.

Premeu a man sobre a mesa, gozando da sensación da entrada, e tamén de que fose o profesor a facelo.

Unha vez que o pequeno vibrador estaba completamente dentro, o profesor abrochou as correas nas pernas e nas costas de Samantha, ata que o vibrador quedou completamente seguro.

"Por moito que vibre esa pequena cousa, non vou a ningún lado". Ela pensou

"Agora toma asento", dixo o profesor.

Samantha ergueuse, endereitou a saia e sentouse de novo no asento diante da mesa.

Foi un pouco incómodo como esperaba.

Era a primeira vez que usaba un tapón traseiro, e era estraño sentarme.

O recto estaba estirado e sentía que xa lle doía o traseiro.

O vibrador atado no seu coño tamén foi unha sensación estraña.

Nunca antes sentira algo así.

Normalmente, cando algo desa forma e tamaño estaba dentro do seu coño, Samantha estaba de costas, ou a catro patas, sen sentarse.

Combinado, a sensación era surrealista.

Ambos os seus buratos estaban cheos de xoguetes sexuais.

E foi por unha razón.

Por incómodo que fose, tamén era excitante sexualmente.

"A continuación, vou atarte á cadeira", dixo.

Ela tragou.

"Podo manexar iso".

O profesor foi fiel á súa palabra.

Dentro da súa bolsa de oficina había cordas de cor azuis que parecían ter unha textura suave.

Cando o pulso esquerdo de Samantha estaba atado ao sofá, viu que tiña razón.

A corda sentíase suave contra a súa preciosa pel.

O nó que fixo a profesora parecía profesional e correcto.

E fíxoo coa presión perfecta.

O mesmo proceso repetiuse co pulso dereito.

A continuación viñeron os seus nocellos.

Ela viu como a profesora repetía hábilmente o proceso con cada un dos seus nocellos.

Ela mirou para el e marabillóuse das súas habilidades.

Sen dúbida, era un Mestre experimentado, especialmente cando se trataba de cordas, pensou ela.

Non é de estrañar que o profesor fose tan comprensivo sobre as fotos da escravitude de Samantha, xa que tiña exactamente o mesmo fetiche, pensou.

Cando rematou, Samantha estaba completamente atada á cadeira, con xoguetes sexuais no traseiro e na vaxina.

Esta foi unha euforia diferente á de participar nunha sesión fotográfica.

Esta era a vida real.

E estaba completamente a mercé do seu mestre, a quen admiraba profundamente.

Inclinouse cara atrás, o traseiro apoiado contra a súa mesa, mirando o seu traballo.

Samantha amarrada ao asento.

"Gustaríame que puideses verte a ti mesmo", dixo o profesor. "Tan fermoso, tan indefenso. A mostra perfecta de submisión".

Ela asentiu.

"Grazas a ti."

"É isto o que esperabas? Como te sentes? Arrepíntese disto? Paréceche humillante? Cóntamo e sé preciso".

Ela reuniu os seus pensamentos.

"Síntome vivo. Como se estivese a salvo contigo. Porque sei que nunca me farías dano. Hai un consolo niso. E encántame estar baixo o teu control. O teu control sexual. Dándome a ti. Non o fago. sei se podería explicarllo completamente", pero así me sinto".

"Aí está", apuntou. "Eses son os pensamentos que debes estar pensando para chegar a ser un gran novelista algún día. Estás a converterte nunha muller en sintonía consigo mesma. Florecendo".

"Eu tamén quero sentilo".

"Estou un paso por diante de ti", dixo, levantou un pequeno dispositivo. "Estes botóns controlan o vibrador que está dentro de ti. O que significa que agora controlo o teu corpo e a túa mente. Aínda queres experimentar o estilo de vida que anhelabas durante tanto tempo?"

"Si..."

En canto esas palabras escaparon dos seus beizos, o profesor presionou un botón que fixo que se activase o vibrador.

O corpo enteiro de Samantha tremeu e o seu rostro fixo unha mueca.

Os seus brazos tiraron involuntariamente das cordas mentres tiraba, pero sen resultado, as cordas eran demasiado fortes.

"Ese é só o primeiro paso", dixo.

O xoguete sexual continuou vibrando no seu coño.

"Oh, Deus, iso parece... Nunca usei un vibrador así antes. Parece tan..."

O profesor observou como o alumno se retorcía coidadosamente mentres presionaba outro botón, aumentando a potencia do vibrador outra muesca.

Samantha parecía sen alento mentres os seus ollos se ensanchaban e a súa boca formaba un O.

Parecía que estaba momentáneamente sen alento mentres o vibrador facía a súa maxia.

"Esta é a esencia da submisión", dixo o profesor. "Teño o control total. Estás completamente perdido . E o meu deber é facerte vir. Agora, xa non tes que preguntar como é. Estás experimentando de primeira man, non?"

Ela loitaba por falar.

"Si..."

"Gustaríache ter un orgasmo?"

Ela asentiu.

"Si..."

A súa voz desapareceu cando a vibración se tornou abafadora.

Entón o profesor premeu o interruptor que levaba o vibrador ao nivel máis alto.

Isto provocou que o corpo enteiro de Samantha tremese e que se apretase as mans.

As súas nádegas presionaron involuntariamente contra o tapón do seu traseiro.

Pecháronse os ollos e xemou forte.

Cando Samantha chorou e berrou, a profesora baixou o vibrador ata a primeira muesca e Samantha puido calmarse.

"Vostede é demasiado alto ", sinalou o profesor. "É posible que nos pillen se berras así".

"Síntoo moito", respondeu ela, respirando pesadamente mentres o xoguete sexual aínda zumbaba no seu coño. "Isto foi tan intenso. Nunca antes sentira algo así".

"Pero aínda queres ter un orgasmo, non?"

Ela asentiu cos ollos coma un bonito cachorro.

"Por suposto."

"Entón terei que amordazarte dalgún xeito. Algunha suxestión sobre o que podo poñer na túa boca, para que te quede calado ?"

Era unha pregunta retórica.

Os dous sabíano.

Samantha foi o suficientemente intelixente como para entender o que o profesor estaba suxerindo.

E ela tamén o quería, de todo corazón.

"O teu galo".

El sorriu.

"Só para manterte calado ? Ou queres que adestre a túa boca?"

"Quero ser adestrado. Gorxa profunda, tal e como estiven fantaseando".

"Boa rapaza."

O profesor deixou o mando a distancia e comezou a desabrocharse os pantalóns.

Samantha observou con ollos ansiosos como o profesor se liberaba.

Ela notou que estaba case completamente erecto e o seu tamaño era bastante impresionante.

Iso só a excitou máis.

Deu un paso adiante, o seu pene colgando diante da cara de Samantha, o mando a distancia de volta na man.

"Vou meter o meu galo na túa boca", dixo. "Vas a chupalo. E vas entrar na garganta profunda. Ao mesmo tempo, vou facerte correr co vibrador. Enténdesme?"

"Si", acordou.

"Recorda este sentimento. Usa este sentimento para a túa escritura. Quizais che guste. Quizais o odies. Pero polo menos o intentou."

"Quero. Máis que nada".

Con iso, o profesor guiou o seu pene cara á cara de Samantha.

Ela abriu a boca e aceptouno.

Esvarou entre os seus beizos e ela envolveu os seus beizos ao redor del, chupándoo.

O profesor boqueou.

"Tes a boca coma un anxo", sinalou. "Segue chupando".

E Samantha fíxoo.

Ela chupaba e movía a cabeza como puido.

O único que podía facer era mover o pescozo cara atrás e cara atrás.

Traballaba cos beizos e coa lingua.

Ela proporcionoulle unha boa succión e fixo xirar a lingua arredor da punta da súa erección.

Era algo que ela sabía que os homes amaban absolutamente.

E encantáballe facelo.

Tamén lle encantaba sentir o seu pene duro na súa boca.

"Reláxate", dixo. "Vou afondar. Non o loites".

O profesor puxo unha man na parte superior da cabeza de Samantha, despois empurrou suavemente, afondando o seu pene.

Ela atragouse un pouco, despois el retrocedeu.

Agora coñecía os límites orais de Samantha .

A nena tiña un reflexo nauseoso estándar.

Volveu a entrar, xusto onde estaba o reflexo nauseoso de Samantha, e foi ata onde chegou.

Quería adestrarlle a gorxa sexualmente, non facelo vomitar.

"Agora é cando vou facerte correr", dixo. "Relaxa o teu corpo. Agora estás baixo o meu control".

A profesora premeu o botón e o vibrador volveu ao nivel máis alto.

Samantha retorcíase no seu asento, tratada como unha escrava.

As súas nádegas volveron apertar o tapón no seu pequeno burato.

Os seus ollos quedaron húmidos.

As súas mans formaban nós axustados.

Os seus dedos pecharon dentro dos seus zapatos.

A pequena oficina encheuse co son do pequeno pero poderoso vibrador, facendo a súa maxia dentro do coño húmido de Samantha.

Tamén houbo sons náuseas e chirridos abafados da boca de Samantha.

Sons lascivos de chupar e beber.

"Segue chupando", dixo. "Podes facer as dúas cousas. Chupa e ten o teu orgasmo ao mesmo tempo".

Samantha volveu concentrarse en chupar o pau do profesor.

Quizais iso elimine os sentimentos extremos na súa rexión inferior, pensou.

Ela fixo todo o posible para mover a lingua ao redor do membro, pero foi difícil xa que o galo estaba ata a súa gorxa.

Tamén intentou traballar cos beizos o mellor posible.

Nunca antes lle pegara profundamente a un mozo, polo que esta foi unha experiencia de aprendizaxe inusual para ela.

Mentres ela chupaba, as sensacións no seu coño crecían a unha intensidade poderosa.

A presión medrou e medrou.

Tamén o fixo a dor causada polas vibracións prolongadas, xunto coa dor no recto e a dor onde os seus membros estaban atados.

Ela fixo un son amortiguado polo seu pau.

"Estás preto de correr?"

Os seus ollos chorados miraron ao profesor.

Con ollos de cachorro.

Ela asentiu lixeiramente, o mellor que puido, sen ferir o pau do profesor.

O profesor sorriu.

"Cum para min, bebé. Simplemente reláxate e deixa que pase".

Samantha pechou os ollos e concentrouse en chupar o galo, que estaba na súa gorxa, xunto cos poderosos sentimentos da súa rexión inferior.

Efectivamente, chegou o orgasmo.

Agora xa non podía manter o agarre dos seus puños e dedos dos pés.

Os seus músculos estaban relaxándose.

Doíalle o corpo.

Ela sentiu unha poderosa liberación no seu coño.

A presión alcanzou o seu clímax e o orgasmo foi máis alá das palabras.

Cando chegou, sentíase como chorros.

Os fluídos saían do seu coño, cubrindo o vibrador e facendo un desastre onde ela estaba sentada.

Normalmente, ela estaría aterrorizada pola desorde que estaba facendo na súa saia, xa que tería que camiñar polos corredores e polo campus con esa mancha de orgasmo.

Pero este non era un momento normal, non nese momento.

O único que lle importaba era esa sensación intensa.

Non importaba nada máis.

Foder a saia mollada.

Este foi o orgasmo máis incrible de toda a súa vida.

Ela respiraba pesadamente cos ollos pechados.

Despois relaxouse e suspirou.

Foi entón cando o profesor soubo que acababa de correrse.

Non tiña sentido molestar máis a Samantha, así que apagou o vibrador.

"Foi fermoso", dixo. "Pero agora tócame á miña quenda. Aínda tes enerxía?"

Ela levantou a vista e asentiu, os seus ollos formando bágoas polo orgasmo que acababa de experimentar.

O profesor balanceou as cadeiras.

Para o acto final, quería foderlle a boca e a gorxa, e estaba facendo exactamente iso.

Ela continuou chupando.

Cando a súa enerxía volveu, volveu traballar coa lingua, xunto cos beizos.

"Trágueo", dixo.

Mantivo a cabeza de Samantha quieta cunha man, e coa outra man, acariñou furiosamente a lonxitude do seu galo duro e furioso, mentres a punta da súa erección estaba na boca morna de Samantha.

Samantha sentíase orgullosa de ser capaz de facer a profesora tan duro, e isto funcionou.

Fíxoa sentirse sexy, desexable e desexada por el.

O orgasmo disparou na boca do estudante.

Chorro tras chorro de seme entrou pola boca de Samantha, na súa lingua e pola súa gorxa.

Con cada chorro de seme, Samantha tragaba.

Era algo que lle gustaba facer, especialmente agora para o home que lle acababa de dar ese orgasmo memorable.

Ela gozou do sabor e textura do seu cum.

Probouno na boca.

Enrolouno coa lingua.

Non era algo que ela pronto esquezaría.

Ela continuou chupando ata que todo estaba fóra.

Entón, cando o cum parou, ela fixo xirar a lingua arredor da cabeza do seu pene e lambeu a abertura.

Cando o galo quedou brando, deixouno caer da súa boca, dándolle á cabeza un bico de despedida no proceso.

Samantha mirou para a súa profesora, que a estaba mirando.

Os seus ollos atopáronse.

Houbo un entendemento sutil entre eles.

Sabían o que estaba a pensar o outro.

Samantha era unha nena sumisa que por fin chegou a experimentar a súa fantasía.

E o profesor era un home que podía gozar do seu amor pola educación das mulleres.

"Esa é a experiencia de ser sumiso", dixo. "Agora xa sabes. Fai o que queiras con ese coñecemento".

"Encantoume. Cada segundo", suspirou e tomou un momento para compoñerse.

"Alégrome de que experimentaches o que querías. Se es unha boa rapaza, podemos facelo de novo".

Ela deulle un sorriso tenro:

"Mellor. Porque estou escribindo unha novela longa".

Cando o profesor desatou os pulsos da alumna, colocoulle suaves bicos na testa.

Era un mestre compasivo.

E Samantha era unha sumisa moi curiosa e tenaz.

Por suposto que o farían de novo, pensou.

FIN

69